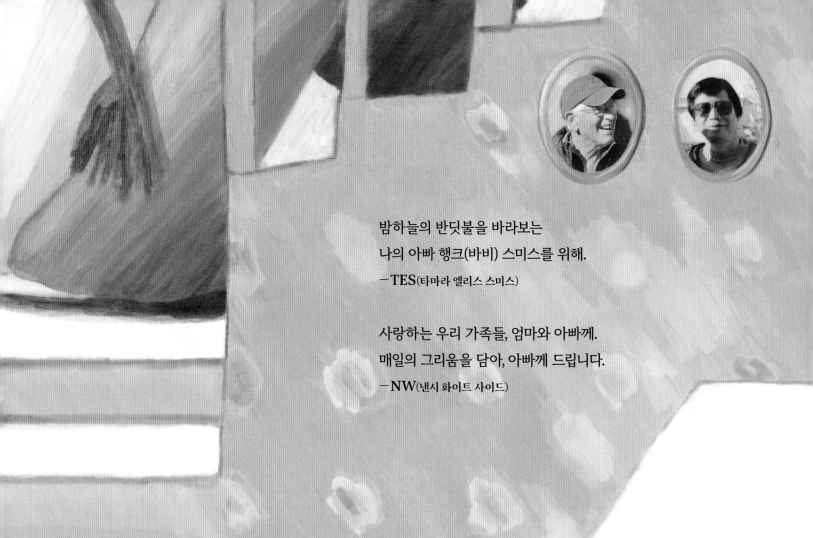

밤하늘의 반딧불을 바라보는
나의 아빠 행크(바비) 스미스를 위해.
—TES(타마라 엘리스 스미스)

사랑하는 우리 가족들, 엄마와 아빠께.
매일의 그리움을 담아, 아빠께 드립니다.
—NW(낸시 화이트 사이드)

슬픔은 코끼리

초판 1쇄 발행 2023년 9월 1일
글쓴이 타마라 엘리스 스미스 | **그린이** 낸시 화이트 사이드
옮긴이 이현아
펴낸곳 BARN | **출판등록** 제 2020-0089호
주소 서울특별시 은평구 통일로 660, 306-201
펴낸이 허선회 | **편집** 김지연, 김재경 | **디자인** 호기심고양이
인스타그램 @seonaebooks | **전자우편** jackie0925@gmail.com
* 'BARN'은 도서출판 서내의 그림책 브랜드입니다.

KC 마크는 이 제품이 공통안전기준에 적합하였음을 의미합니다.
▲ 주의. 모서리가 날카로우니 아이들이 책을 입에 대거나
손을 다치지 않도록 주의하세요.
잘못만들어진 책은 구입처에서 교환해 드립니다.
Printed in China

제품명 슬픔은 코끼리 | 제조자명 도서출판 서내
제조국명 중국 | 인증유형 공급자 적합성 확인 | 사용연령 36개월 이상
주소 서울 은평구 통일로 660, 306-201 | 전화번호 010-3648-9902
제조일 2023년 9월 1일

슬픔은 코끼리

타마라 엘리스 스미스 지음
낸시 화이트 사이드 그림
이현아 옮김

반출판사

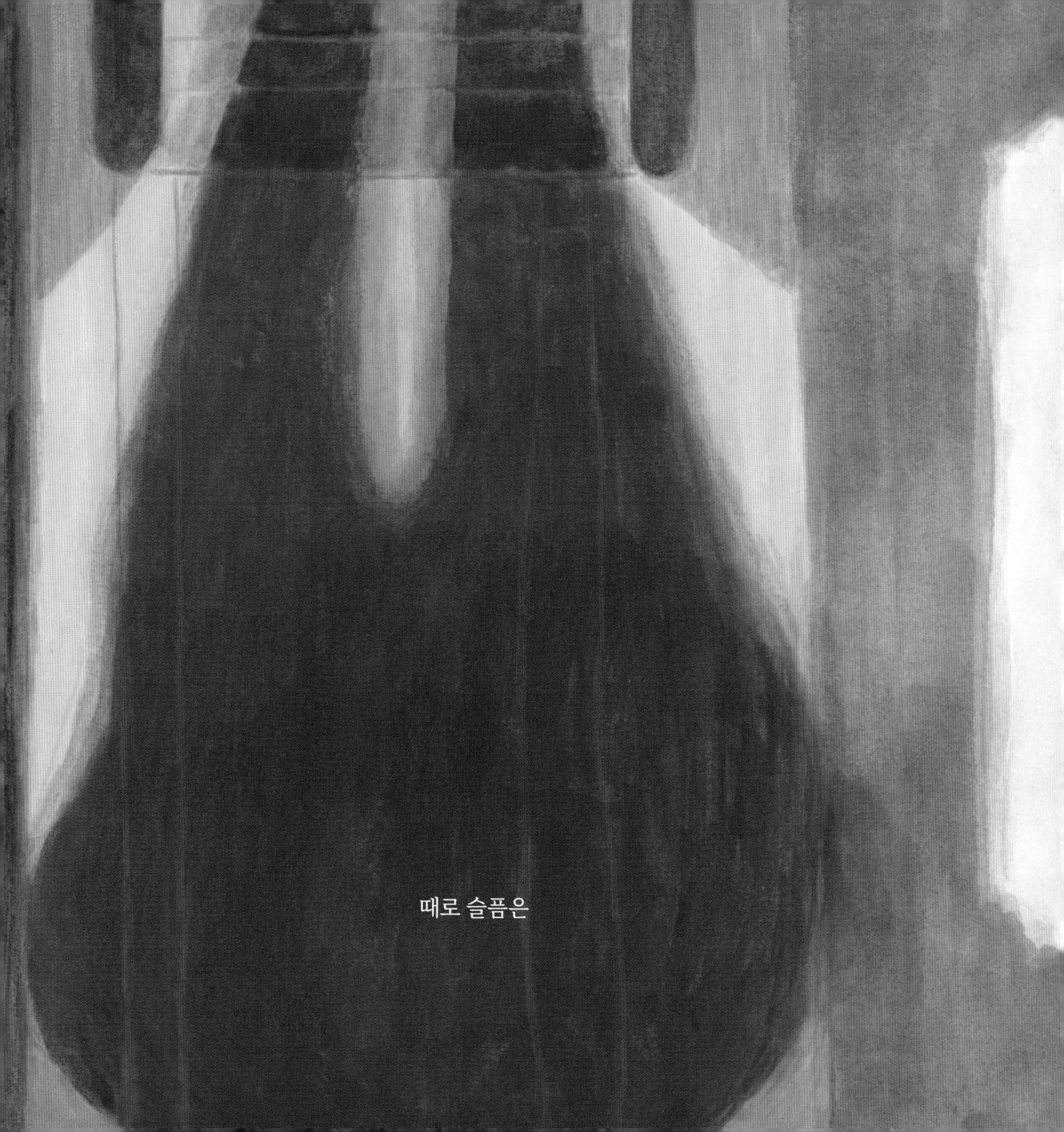
때로 슬픔은

코끼리 같아.

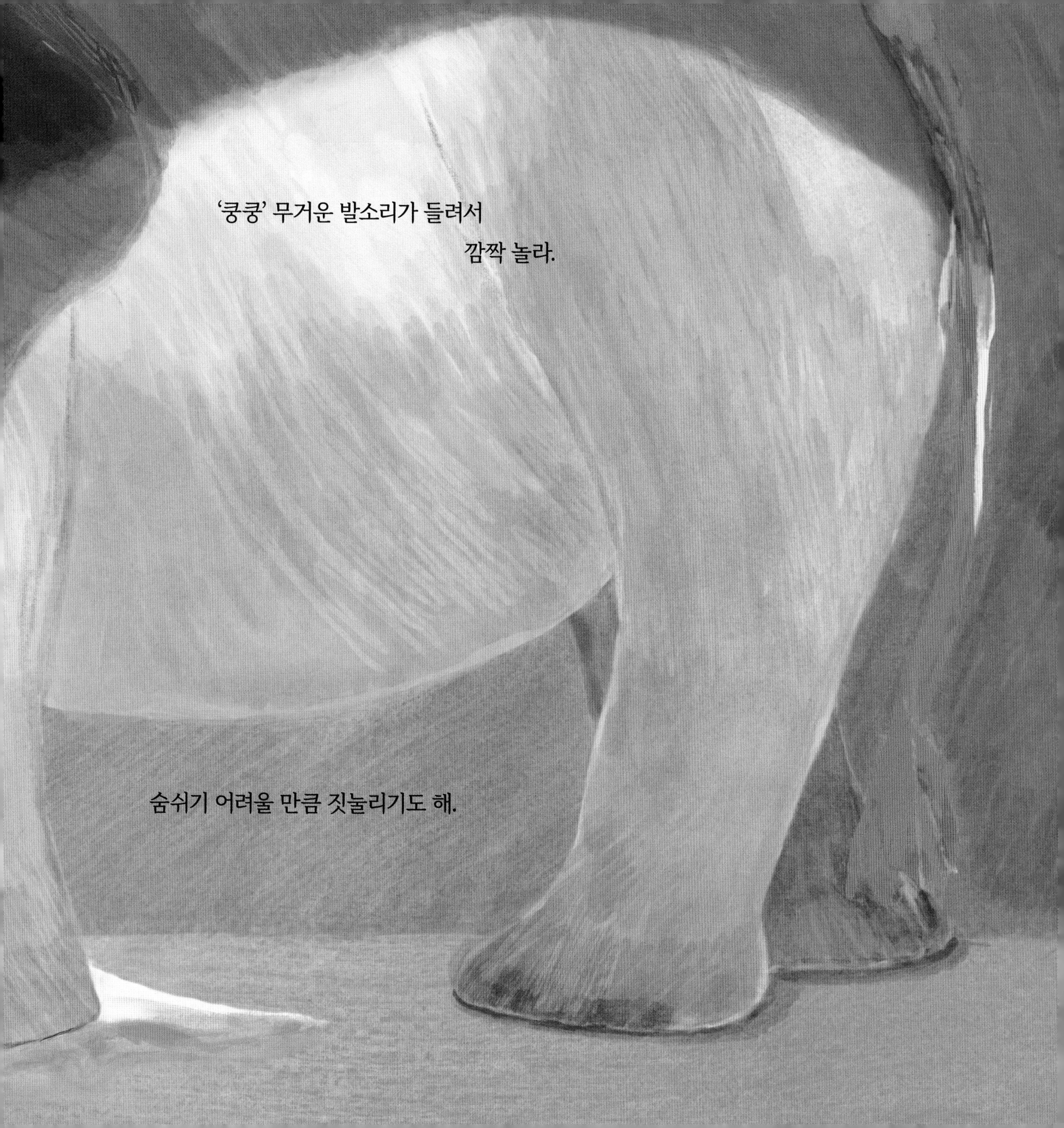

'쿵쿵' 무거운 발소리가 들려서
깜짝 놀라.

숨쉬기 어려울 만큼 짓눌리기도 해.

눈을 감아볼까?

휴, 아직도 여기에 있어.

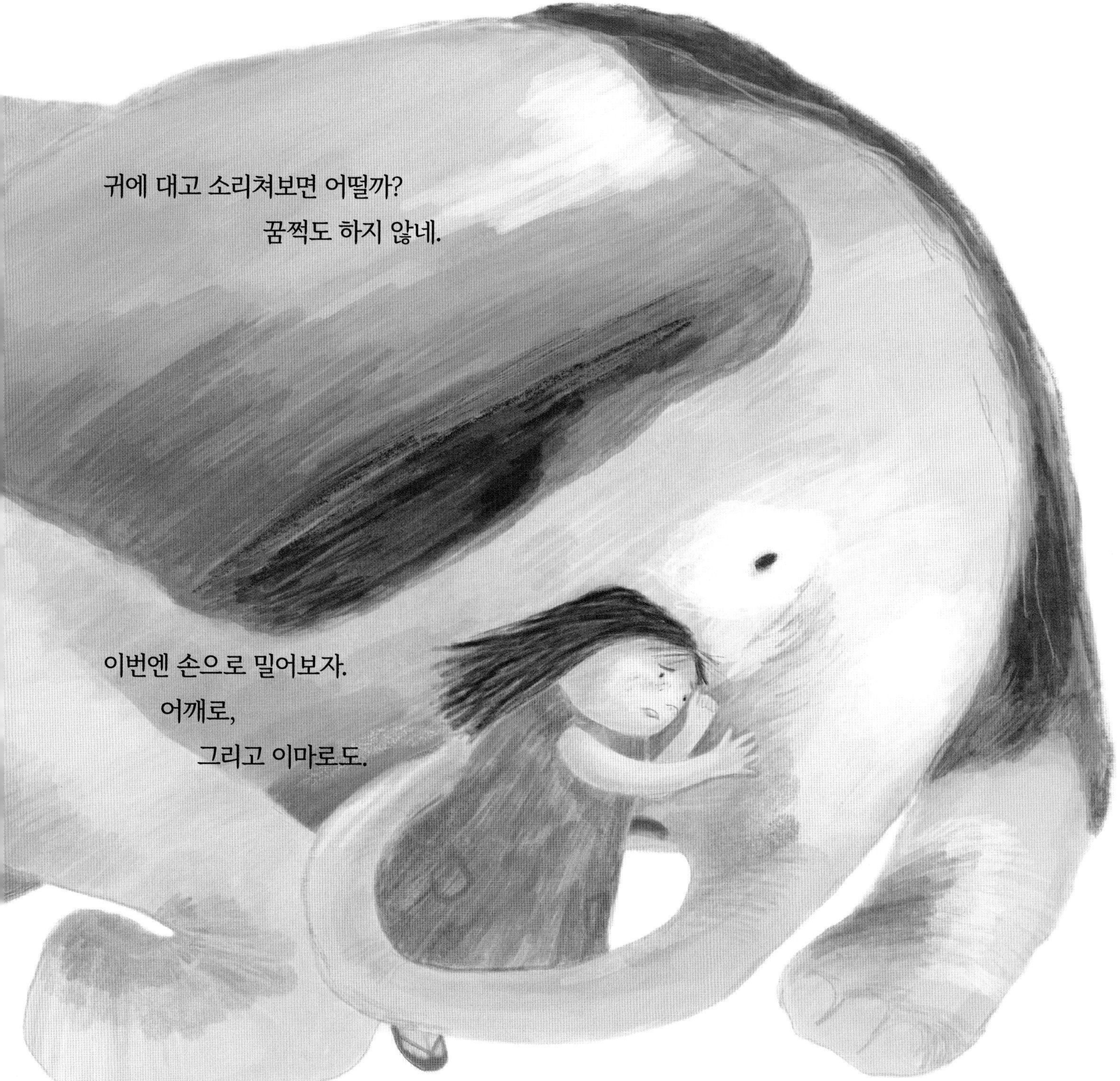

귀에 대고 소리쳐보면 어떨까?

꿈쩍도 하지 않네.

이번엔 손으로 밀어보자.

어깨로,

그리고 이마로도.

온몸으로 기대어봐.

이제 빠져나와서 달려봐.

슬픔이 바짝 따라오지?
더 빨리 달려봐.

이런, 다시 만났네.
그런데 이번에 나타난
슬픔은 사슴이야.

쉿,
천천히 움직여야 해.
뒷걸음질로 살금살금.

하지만 금방 들키고 말 거야.
슬픔은 귀가 엄청 크거든.

네잎클로버를 찾거나 손가락을 교차하면서 행운을 빌어봐.

네가 간절히 바라면

슬픔이 사라질지도 모르니까.

하지만 영원히 사라지는 건 아니야.

다시 돌아왔을 때 슬픔은

여우야.

손을 내밀어서

슬픔의 코끝을 만져봐.

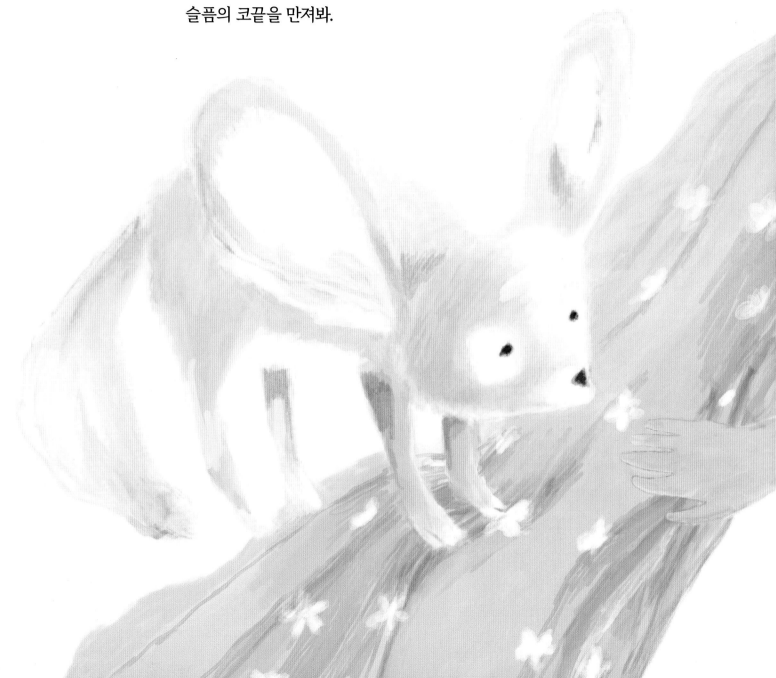

작은 발도 만져볼까?
여태 많이 걸었을 텐데
코듀로이처럼 부드러운걸.

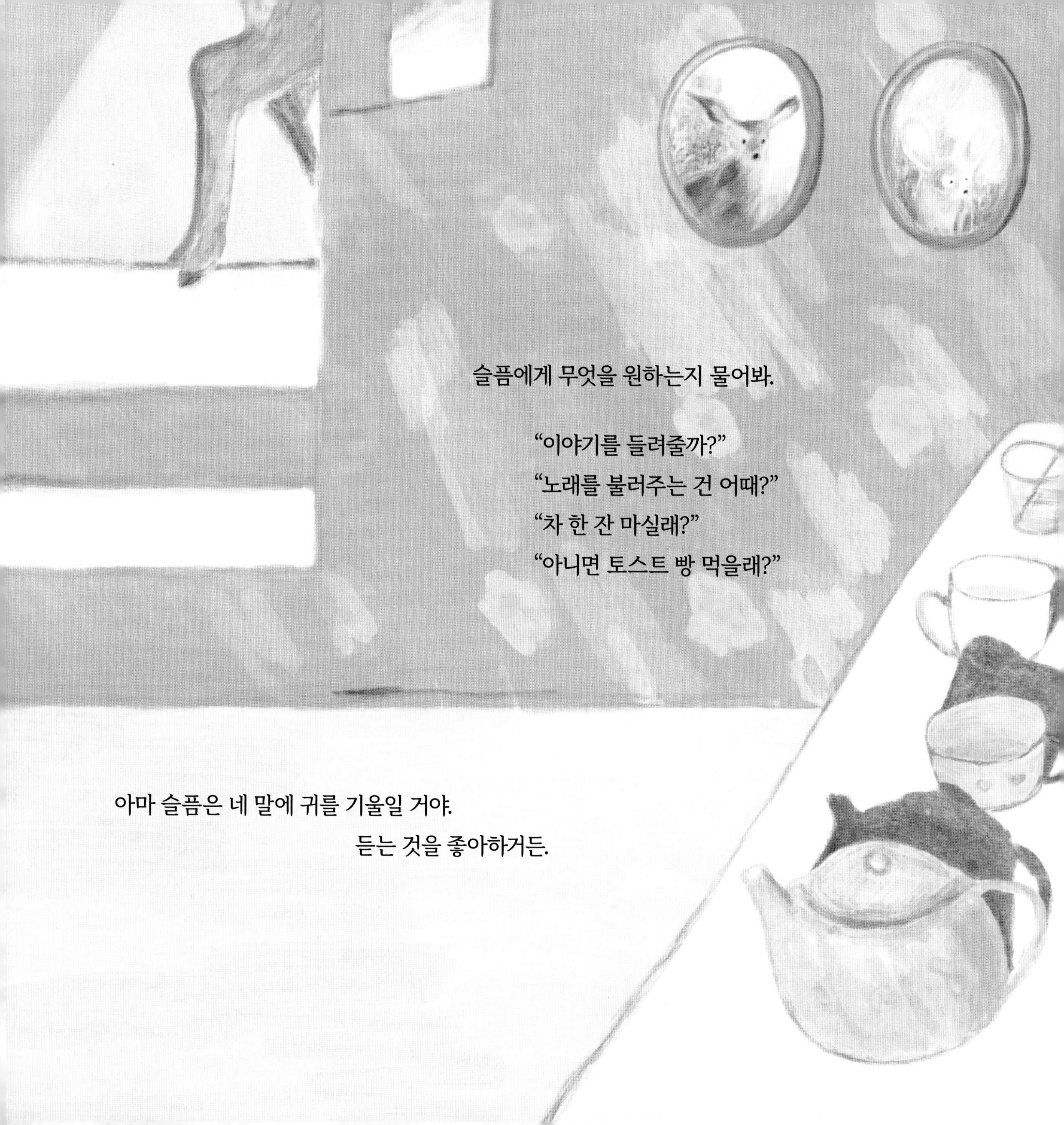

슬픔에게 무엇을 원하는지 물어봐.

"이야기를 들려줄까?"
"노래를 불러주는 건 어때?"
"차 한 잔 마실래?"
"아니면 토스트 빵 먹을래?"

아마 슬픔은 네 말에 귀를 기울일 거야.
듣는 것을 좋아하거든.

슬픔은 아무것도 요구하지 않아.

낮잠을 자는 것처럼 곁에 머물 뿐이야.

푹 쉬고 나서 슬그머니 일어날 거야.

슬픔이 다시 돌아올 때까지

창가에서 기다리거나

밖으로 나가서 놀아도 괜찮아.

어쩌면 날이 어둑할 때 올지도 모르지.

이번에는 코끼리도 아니고

사슴도 아니고

여우도 아닐걸?

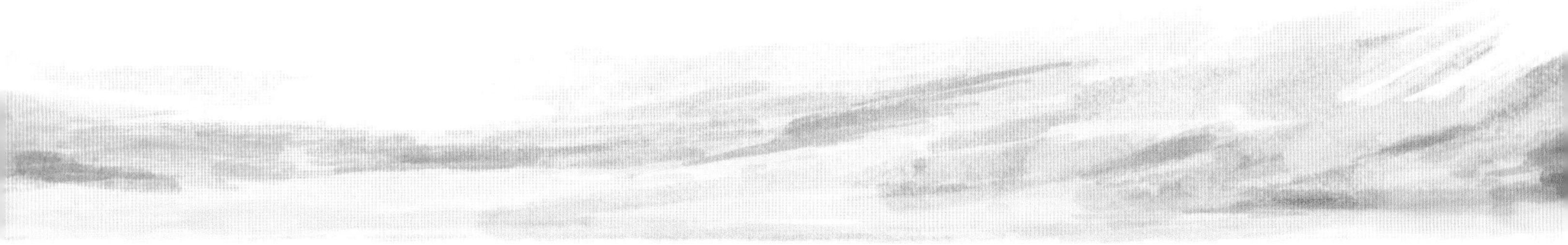

바로 생쥐야.

슬픔의 눈을 들여다봐.
호기심 많고 친절하지?
회색 귀를 쓰다듬어봐.
슬픔은 네 말을 잘 들어줄 거야.
듣는 것을 좋아한다고 했잖아.
옆에 조용히 앉아 있다가 준비가 되면

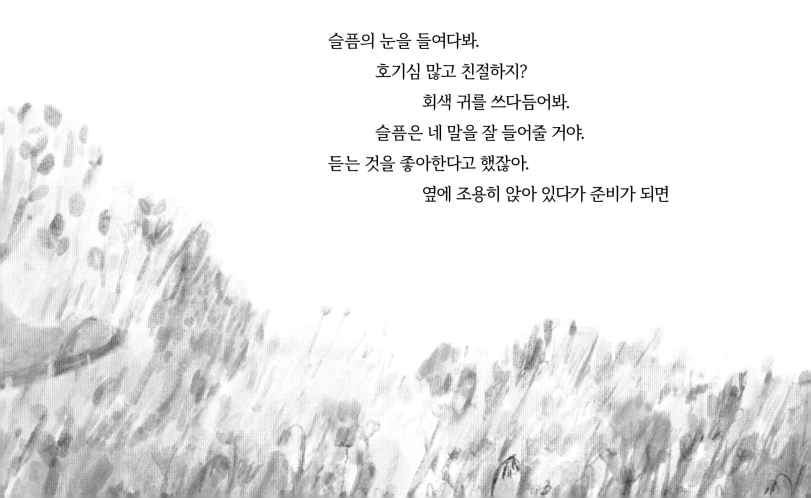

슬픔에게 털어놓아봐.

이따금 하늘을 향해
소리를 지르고 싶을 때가 있다고

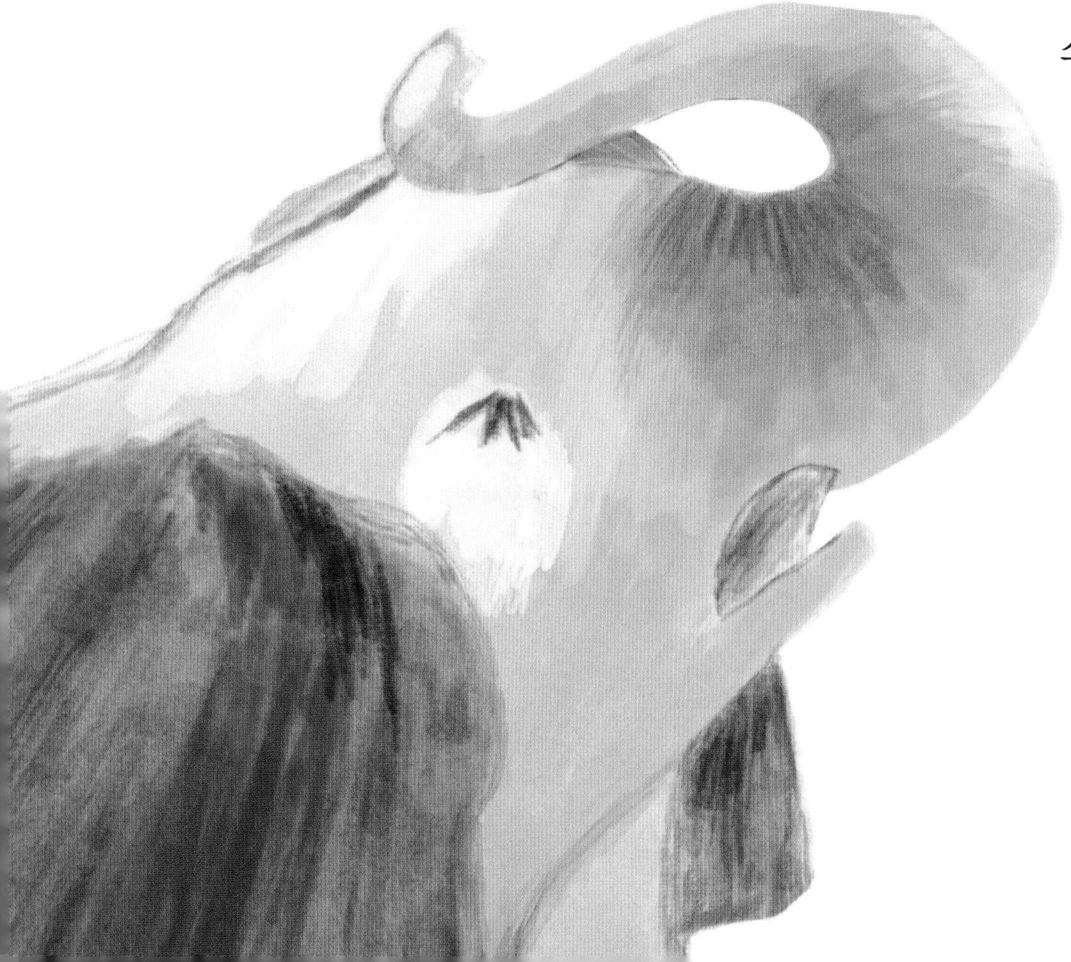

때로 꼼짝없이 묶인 채 울기만 한다고

그러다 작아지는 기분이 든다고 말해봐.

별이 쏟아질 때까지 말해봐.

네 말이 빛이 되고

슬픔이 작고 작은 반딧불이 될 때까지.

슬픔을 손바닥에 담아서 안아봐.
그러다 손가락을 펴고
슬픔이 밤하늘로 날아가는 걸 지켜봐.

반짝

반짝

슬픔이 빛을 깜빡일 때마다

아마도 넌

기억하게 될 거야.

슬픔은 감격이라는 것을

슬픔은 그리움이라는 것을

그리고 슬픔은
사랑이라는 것을
기억하게 될 거야.